Trois petits hippopotames

Première édition dans la collection *lutin poche* : janvier 2004
© 2001, l'école des loisirs, Paris
© 2000, Lena Landström
Titre original : « Småflodhästarnas äventyr »
(Rabén & Sjögren Bokförlag, Stockholm)
Loi numéro 49 956 du 16 juillet 1949 sur les publications
destinées à la jeunesse : septembre 2001
Dépôt légal : janvier 2004
Imprimé en France par Pollina à Luçon - n° L92441

Lena Landström

Trois petits hippopotames

traduit du suédois par Agneta Ségol

lutin poche de l'école des loisirs
11, rue de Sèvres, Paris 6e

Tout est comme d'habitude à la jolie plage boueuse des hippopotames.

Les adultes hippopotames paressent dans l'eau tiède, tandis que les petits hippopotames s'éclaboussent et s'amusent. Madame Hippopotame, qui habite un peu à l'écart et qui a une cabine de bain pour elle toute seule, prépare son pudding aux algues. Comme d'habitude.

Souvent les petits hippopotames s'ennuient un peu. Ils trouvent que leur plongeoir n'est pas assez haut. Ils voudraient plonger de la Grande Falaise. Mais ils n'ont pas le droit d'y aller. C'est trop dangereux.

Et tous les jours ils demandent :
« On peut aller à la Grande Falaise aujourd'hui ? »
Mais la réponse est toujours non.

Un jour, incroyable : la réponse est oui.
« Vite ! Dépêchons-nous d'y aller avant qu'il ne change d'avis ! »

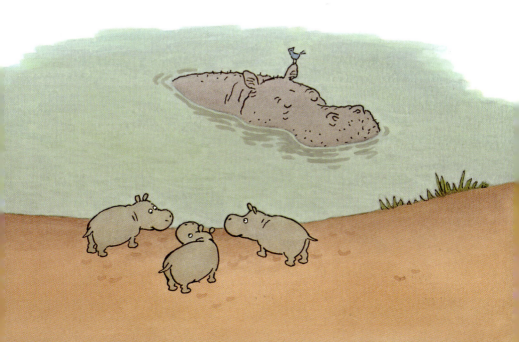

« Qu'est-ce qui est dangereux, déjà, dans la jungle ? Les serpents ? » Les petits hippopotames n'arrivent pas à se souvenir.

« On ne devrait pas déjà être arrivés ? »
« On s'est peut-être trompés de chemin. »
« On devrait peut-être faire demi-tour ! »

Soudain, ils aperçoivent le ciel entre les arbres.
« La Grande Falaise ! » s'écrient-ils.

« Euh… C'est vraiment très haut… »
Heureusement, on peut sauter d'un peu plus bas.

« C'est encore haut, hein ? »
« Allez, à la une…
à la deux…
à la trois…
à la quatre, aïe aïe aïe, on y va ! »

« Génial ! »
« On est les plus forts ! »
« Quel plongeon ! »
Les petits hippopotames sont heureux, mais maintenant
ils ont faim. Ils commencent à remonter le fleuve. Cependant
il y a quelqu'un d'autre qui a faim, dans les parages.

« On pourrait construire un plongeoir plus haut ! »
« Et y attacher une liane ! »
« Et construire aussi un toboggan ! »
Les petits hippopotames arrivent maintenant
devant la cabine de bain de Madame Hippopotame.
Ils ne sont plus très loin de chez eux.

« FICHE LE CAMP ! » crie une voix. « ALLEZ OUSTE ! »

Madame Hippopotame est très en colère.
« Ne t'approche plus jamais d'ici ! » crie-t-elle encore
au crocodile. « Sinon je te mordrai la queue ! »

Madame Hippopotame explique que les crocodiles sont très dangereux.

Mais elle connaît aussi des histoires très drôles, sur les crocodiles.

Maintenant le soleil est couché. Il est l'heure pour les petits hippopotames de rentrer chez eux. Madame Hippopotame leur promet de venir le lendemain pour les aider à construire un nouveau plongeoir.

Le lendemain matin, Madame Hippopotame arrive très tôt avec sa boîte à outils et un tas de planches. Les petits hippopotames courent à sa rencontre.
« On va planter des clous ? »
« On va commencer par le toboggan ? »
« On va chercher la liane ? »
« Donnez-moi la scie », dit Madame Hippopotame.

L'après-midi, la construction est terminée.
Madame Hippopotame range ses outils.
« J'espère que le plongeoir n'est pas trop haut », pense-t-elle.

Tout est comme d'habitude à la plage des hippopotames.
Les adultes paressent dans l'eau tiède. Madame Hippopotame prépare son pudding aux algues. Les petits hippopotames sautent, plongent, glissent, s'éclaboussent et s'accrochent à la liane.
Exactement comme d'habitude.

« C'était bien, hein, la Grande Falaise ! »
« Quel plongeon ! »
« Bof, c'était pas si haut que ça... »